Helmut Zöpfl · Geh weiter, Zeit, bleib steh!

»Ein Band der Reihe
»Rosenheimer Raritäten«

Max Müller in Dankbarkeit gewidmet

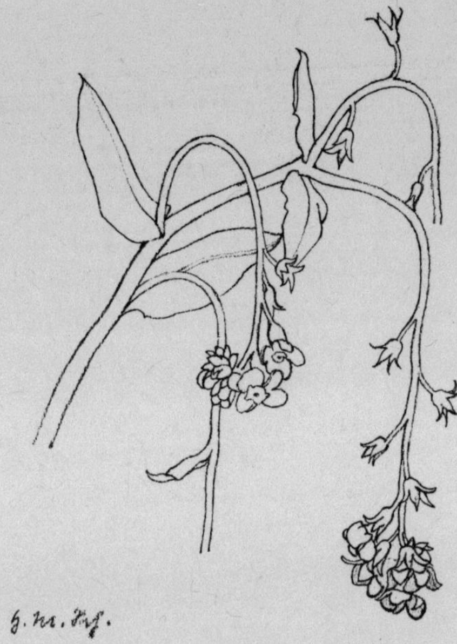

rosenheimer
raritäten

Helmut Zöpfl

Geh weiter, Zeit, bleib steh!

Mit 37 Zeichnungen von
Hans Müller-Schnuttenbach

Rosenheimer

Inhalt

Geh weiter, Zeit, bleib steh

I radl scho in aller Fruah
a wengerl naus aufs Land,
i horch im Wald de Vögl zua
und wander umanand.
Dann pack i wo mei Brotzeit aus,
setz mi a bisserl hin,
I ruah mi vom mein Nixdoa aus
und freu mi, daß i bin.
Geh weiter, Zeit, bleib steh,
dua ma den Gfalln, dua net vergeh!
Geh weiter, Zeit, bleib steh,
wart bloß a bisserl,
's waar grad so schee!

I sitz mit dir auf ara Bank
am Hinterbrühler See,
ruck ganz zu dir her, halt dei Hand.
I sieg und spür dei Näh.
I grüabet net und laß alls sei
und denk bloß mehr an di.
I bin so narrisch glücklich glei,
grad no an Wunsch hätt i:
Geh weiter, Zeit, bleib steh,
dua ma den Gfalln, dua net vergeh!
Geh weiter, Zeit, bleib steh,
wart bloß a bisserl,
's waar grad so schee!

I lieg am Bodn und hör an Wind,
wiara se stroaft im Gras.
Koa Uhr is da, de wo mi zwingt
und sagt mir: dua jetzt was.
I blinzl in de warme Sonn
und denk mir bloß: wia schee!
. . . Schad, daß ma nix derhaltn konn.
Geh weiter, Zeit, bleib steh!
Geh weiter, Zeit, bleib steh,
dua ma den Gfalln, dua net vergeh!
Geh weiter, Zeit, bleib steh,
wart bloß a bisserl,
's waar grad so schee!

Was 's net alls gibt

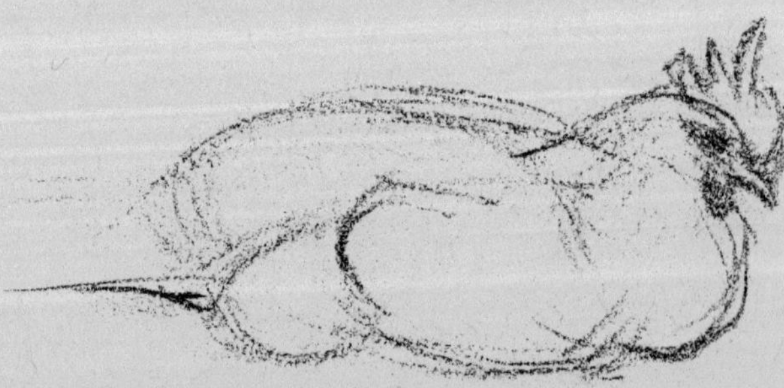

Pädagogik

Pädagogisch, soziologisch,
psychologisch, axiologisch,
effizient, gesellschaftskritisch,
Feedback, psychoanalytisch,
soziometrisch und statistisch,
kategorial, linguistisch,
Microteaching, affektiv,
input, output, kognitiv,
Validierung, Friktionen,
Status, Innovationen,
endogen und exogen,
quaestiv, Basisphaenomen
usw. no fünf Stund . . .
D' Pädagogen san scho Hund!
Da werd alles programmiert,
und de Schui, de lauft wia gschmiert,
technologisch recht beachtlich
alles superwissenschaftlich,
pädagogisch wunderbar,
wenn net bloß des oane waar:
Bei all dem ham ma unterdessen
leider d' Kinder ganz vergessen.

Sprachbarriere

Jeder, der was auf sich hält
heutzutag in dieser Welt,
»up to date« sei wui und »in«,
hat des oane bloß im Sinn:
Um se net recht zu blamiern,
muaß ma se emanzipiern.
Dieses aber ist nicht leicht
und werd bloß mit Müah erreicht,
weil de »Gsellschaft« und der Staat
dieses gern verhindern daad.
Auch die schlimme Sprachbarriere
hindert früh an der Karriere,
reißt die Schluchtn auf, de graßn,
teilt uns ein schon früh in Klaßn,
trennt das Oben und das Unten
und läßt beides unverbunden.
Konsequenz aus dieser Lehre:
Baut ses ab, de Sprachbarriere!
Denn die Sprache, welch a Schand,
spiegelt wieder allbekannt
lediglich die Herrschaftsformen
und ganz autoritäre Normen.
Rechtschrift, Interpunktion,
Stil, Grammatik: Repression
ringsherum, wohin man schaut.

Drum: Die Regeln abgebaut,
seids net länger Reaktionäre,
reißt ses ab de Sprachbarriere!
Kloa werd jetzt dann gschriebn allsam,
was ma früahra groß gschriebn habm.
Jede ungleichheit muß fort:
gleiche größe jedem wort!
und beseitigts auf de schnelle
tour aa no de ganzn fälle,
wer – und wemfall ohne schand
werf ma künftig durchanand,
denn den ganzen dekliniern
hindert dir 's emanzipiern,
geni- und akkusativ
sind fürs kind bloß repressiv
schwer mir immer auch genieren
dummes sitte konjugieren.
freiheit in die sprach und staat,
sonst du nicht gut demokrat.
besser nix mehr deutsch verstehn
wie konform mit gsellschaft gehn.

De neue Bildungsmaschin

Da Professor Dings, no wia hoaßt er denn glei,
hat jetzt a Maschin baut, de is völlig nei.
I woaß zwar net gnau, wias funktioniert,
denn i hab ja des Zeigs net von Haus aus studiert,
aber nach dem Professor seim Interview
is de Maschin scho wirklich der Clou.
Ganz klar hat der Professor erkannt,
es is für die Menschheit a Riesenschand,
daß der Mensch erst als fertiges Kind
mitm systematischen Lerna beginnt,
und des womöglich erst in der Schui.
Damit moant der Professor, werad vui zvui
kostbare Zeit so einfach verdo.
Er setzt drum die Bildung vui friara o.
Nachdem er recht lang hin und her studiert,
hat er das »vorgeburtliche Lernen« kreiert.
Denn neun Monat, moant der gstudierte Mo,
duat er nix, der gstingate Embryo.
Nur a bißl wachsn und se a weng rüahrn:
Damit is jetzt Schluß, denn jetzt hoaßts studiern.
Und jede werdende Mutter
werd einfach jetzt oghängt an den neien Computer.
Jeden Tag von achte bis neine
funkt er dann as Einmaleins eine.
Und von neine bis viertel nach zehn
übt er mit dem Fötus scho Hochdeitsch redn.
Von zehne bis elfe kommt Schreibunterricht,
von elfe bis zwölfe Biblische Gschicht.

Konfessionslose im besonderen Fall
hörn dafür »Ethik« oder »Moral«.
Werd der Computer gscheit programmiert
und noch a weng besser durchkonstruiert,
so moant der Professor tatsächlich fei,
kannts unter Umständen möglich sei,
daß vielleicht scho ziemlich bald
Geburt und Abiturfeier zsammafallt.

Die Seppl-Kartn

Jeds Jahr zur Oktoberfest- und Salvatorzeit
macht mir oans a ganz a bsondere Freid:
wenn i die bayrischen Witzkartn betracht,
denn die san so schön und gschmackvoll gemacht –
und vor allem sans aa so wirklichkeitsecht
und werdn ganz genau dem Leben gerecht.
Denn wiara da drobn auf de Kartn is,
so leibt und lebt er, der Bayer – ganz gwiß.
So tragt jeder Bayer allbekannt
nur Lederhosn und Trachtengewand.
Wo er aa is, im Geschäft, im Büro,
hat er, weils so Brauch is, sei Lederne o,
und an Gamsbarthuat obn aufm Kopf,
und mittn am Hals, da hat er an Kropf,
weil ma als Bayer holodrioh
natürlich ganz »köstlich« jodln ko.
Und abnds, ob in Fürstenried-West oder Freimann,
marschiert ma aa heut no mit Loatern an,
und fensterlt, bloß weils aa so Brauch,
trotz Aufzüg ins achtzehnte Stockwerk nauf
und fallt – weils originell is – abe in Dreck,
in d' Odlgruabn hinter de Siemensblöck.
A Bayer hat – laut Kartn und Brauch –
an Schnauzbart und an Riesentrumm-Bauch,
a rote Nasn und Schweinsaugn oiwei,
is bsuffa und langt grad an Maßkruag ans Mai

und spricht (auf der Kartn in a Bladern,
de eahm wachst ausm Gsicht)
urige Worte, oft in Form von Gedicht:

Von seim Wei, des 'n schlagt,
weil er an Affn hoamtragt.
Daß er sauft bloß und frißt
und alls andre vergißt.
Frißt ma net oder sauft,
werd in Bayern nur grauft.
Ma haut se Maßkrüag an d' Schädl,
nennt se Rindviech und Blädl,
ladt auf Kirchweih se ei,
denn lustig muaß 's sei . . .
Segts, aus dem Grund, liabe Leit,
machan mir de Kartn so a narrische Freid.
No a größere Freid aber waar ma halt grad,
wenn i den, der de Kartn macht, amal derwischn daad.
Da, glaub i, kannt i 's tatsächlich net gratn
und müaßt (laut Brauch) an seim Kopf
an Maßkruag derschlagn.

Das perfekte Spuizeug

Jeds Jahr beim Gschenkakauf
halt i mi am längstn im Spuizeugladn auf.
Was' da jetzt alls gibt, was ma da jetzt alls siegt:
Puppn, die redn und essn kenna
und, ohne daß d' as aufziagst, im Zimma rumrenna,
Auterl, de in a Rennbahn rumfahrn,
Karusseller, de vollautomatisch se drahn.
A Fliager, der ganz von selber fliagt
und, ohne daß d' irgendwas duast, de Reibn richtig kriagt,
a elektrischer Zug, der rumroast wia gschmiert.
Alls is perfekt, alls funktioniert.
Wanns d' bloß auf an Knopf druckst, geht alls von alloa,
und as Kind, des hats schee, braucht gar nix mehr doa.
Es laßt dem perfekten Spuizeug sein Wuin . . .
und ko dann derweil mit irgendwas *spuin.*

Schöne Aussichten

Wenn des mit der Geldknappheit weiter no geht,
dann sieg i bald schwarz, und mi wunderts dann net,
wenn 's mal soweit kaam, daß die arabischn Scheicha
uns zerst amal was von eahnan Geldern leicha,
und dann, wenn mas eahna zruckzahln net kenna,
dann müaß ma uns halt schee langsam dro gwöhna,
daß' uns aa in Bayern auf einmal kassiern
und uns orientalische Bräuch dann diktiern.
Du liaba Allah, des werd dann a Gaudi,
wenn ma uns umstelln müaßn auf Saudi-
Arabien, Lybien, Jemen, ohmei,
da werd dann einiges anders na sei:
Aus is' mit Schweinsbratn, mit Weißwürst und Radi,
an Reis und a Sesamsuppn a fade
und an Hamme an fettn, den kann ma jetzt dann
– wenn ma net grad fastn, weil ma Ramadan ham –
bei irgend a Beduinung se bstelln.
Und deatses dann ja um ihr Backschisch net prelln!
Aus is beim Oziang mit Dirndl und Lodn,
aa Gamsbarthüat wern dann staatlich verbotn.
Und de Trachtnanzüg nimmt ma weg gar de Preußn
– dafür gibts an Burnus jetzat, an weißn.
Und d' Frauen, de kriang ums Gsicht eahnan Schleier;
na kimmt de Kosmetik nimmer so teuer.
Aa 's Grüaßn wia »Servus«, »Grüaß Gott, alte Hüttn«,
»Habe die Ehre« werd nimmer gelittn.
Wenn ma wo higeht, wo weggeht, vorbeikummt,
hoaßt 's einfach bekanntlich »Salamaleikum«.
De Kinder wern tauft nimmer Resl und Gaby,
nimmer Schorsch und Sepp, sondern Omar und Abi,
Suleika und Fatima oder so ähnli.

Bloß oaner hoaßt gleich fast wia früahra: der Beni.
Und der Haberl nennt gscherterweis jetzt sei Klara,
weils recht dürr is und wüast, bloß einfach Sahara.
Im Bayrischen Amtsgricht verdonnert der Kadi
zwengs Wuidern an Halef zu 20 Stück Bastonade.
Und an Ali, ihr wißt scho, den Spitzbuam den frechn,
laßt er Ali-mente dafür jetzt na blechn,
daß er sei tausend und oane Nacht
bei der Schwankl Suleika im Serail hat verbracht.
Dagegn is natürli de Vielweiberei
bei uns jetzt selbstverständli bald frei.
Und der Wirt vom Gasthof »Goldne Oasn«,
der wo scho oiwei hat durchblicka laßn,
daß er gern a sportlichs Frauerl se nahm,
der heirat an Damen-Fuaßballclub zsamm.
Aa de Volksmusiktexte, des konn i euch sagn,
dene gehts natürli gewaltig an Kragn.
Vorbei mit de Küah, de Ochsn und Kalma,
den Auf- und den Abtrieb auf und ab von de Alma.
Denn an de Küah und de Kalm eahnera Stell
da tritt selbstverständlich jetzt na 's Kamel.
An Kameltreiber-Landler mit alle Schikanen,
den spuins bei der Automobil-Karawanen-
Sendung am Nachmittag uma halb zwei
im Service-Programm UKW-Bayern-Drei.
Abends jodelt von der Altn-Peter-Moschee
der Muezzin-Dreigsang sei Liad von der Höh.
Und beim Volkstanz da spuin, nimmt de Gschicht ihrn Lauf,
d' Dellnhauser zum Zwiefach-Bauchtanzer auf.

Drum schaltn a unsere Dichter ganz schnell.
Und nächsts Jahr da lest's, werdses seing, an der Stell
a bayrisches Verserl, des is mir ganz klar,
von Achmed el Zöpfl »Arabisch durchs Jahr«.

Vom Bodybuidn

Wuist de im Sommer beim Badn net blamiern,
weilst z' gwampert bist, z' dürr oder z' schmal,
oder wuist gar vor de Madln brilliern,
dann bleibt dir im Grund koa andere Wahl:
Wennst zweng deim Gstell koan Spott möchst erduidn,
muaßt *bodybuidn.*
Geh nei in a solchs Studio
und horch dir den Bodybuidmoaster o:
Soll di 's Training net schlaucha,
muaßt aufhörn mitm Raucha,
und as beste is wohl
koan Schluck Alkohol,
koan starkn Kaffee,
höchstens Pfefferminztee,
und vui vui Schlaf
(aber alloa und ganz brav).
Versprichtst des dem guatn Mo,
fangt er glei mit dir 's Buidn o:
Raus ausm Gwandl,
hi an d' Hantl,
Hantl weg,
Klimmzüg am Reck,
Gwichta nehma
und wieder stemma,

nach der Sproßnwand
werst wo einegspannt,
wosd ziagn muaßt und drucka,
dann fuchzgmal bucka
und wieder in d' Höh . . .
Und wennsd scho moanst, du konnst nimmer steh,
muaßt liegestützen,
du, da kimmst ins Schwitzn.
Am Schluß gehst halt aufm Zahnfleisch daher,
und am nächsten Tag, da duast di scho schwer,
wennsd an Hals a weng drahst,
und an Kniaschwammerl hast
du ganz alloa,
der wo langat für zwoa.
Aber wennsd jetzt nachara Zeit in Spiagl neischaugst,
kriagst as Gfui, dasd aa was taugst,
weilsd moanst, daß deine Bizeps und Trizepser gwachsn san
und stolz schaugst jetzt aa deine Haxn an.
Statt deim friaran kloana Komplex
protzt jetzt mit deim männlichen Sex
und klopfst mit der Hand ganz selbstbewußt
an dei ehemalige Hennerbrust,
und denkst dir: Mei bin i a Bursch a wuida –
a Pfundskerl, halt a richtiger Bodybuida.

Sparmaßnahme im Fasching

Zwengs der allgemeinen Geldeinspartendenz
habn fürn Fasching jetzt aa auf a Spar-Konferenz
de Faschingsvereine neulich beschlossen:
in Zukunft werd gspart und solls no so vui kostn.
Am End habn de Narhallesen se dann
entschloßn zu folgendem Krisenprogramm:
De Gardemädchen solln mit ihranen Reizen
vui mehr als bisher scho üblich no geizen.
Ma reduzierts zahlenmäßig auf d' Hälfte drum bald.
Zum Ausgleich san d' Madln dann doppelt so alt.
Aa bei de Getränke werd sparsamer do
statt Sekt stoßt mit hupfatn Wasser ma o.
Mit neue Einfäll hat ma lang ja scho gspart,
da is dann de Umstellung gar net so hart.
Von Konfettis werd bloß oa Seitn no druckt
und halbert so groß grad, als Abwaschprodukt.
Und de Luftschlangen de kauft ma nimmer jetzt ei,
de leiht ma bloß aus beim Luftschlangenverleih.
Aa bei der Musi werd gspart ganz krawottisch,
a Einmannorchester spuit an sparsamen »Schottisch«.
Koa »Spanische Nacht«, koa Fest »Brasiliana«,
als Einheitsfest bloß noch der Ball der »Spar-taner«,
und de sparsamste Maskn de kriegt dann am Schluß
von ihrm Sparringspartner an Sparta-Kuß.
Am meistn aber werd ma halt sparn
bei der Auswahl von künftigen Prinzen-Paarn:
Es werd mit der hohen Würde betraut,
bloß no der, wo von alle am sparsamstn schaut.

Vorbereitung

Ja Kinder, seids es narrisch, ha,
da hockan de doch glatt bloß da
und baazln rum und maln a Buid,
ja schlimmer no, da werd no gspuit
Versteckerl oder schwarzer Mo.
Denktsn ihr net an später dro?
Wenn man so alt scho is wia ihr
mit drei Jahr oder gar mit vier,
sollt ma längst lerna scho für d' Schui,
bal ma da drinna guat sei wui.
Drum marsch, sofort in d' Vorschui nei,
aus is' jetzt mit der Spielerei,
fangts endli mal zum Lerna o,
denkts an den Numerus clausus dro!
Bereits euch endli vor aufs Lebn,
des lohnt se, werdses dann scho sehgn!

Naa, sagts, des derf doch gar net sei!
Fallt euch denn jetzt nix Dümmers ei,
da sitzns in der Schui scho drin
und ham nix anders jetzt im Sinn,
als wia daß lustig san und lacha
und irgndwelche Geckerl macha.
Da ghört doch glernt und zählt und gmeßn,
werd grechnet und was Ernsthafts glesn,
werd büfflt, g'arbat konzentriert
und wissenschaftlich orientiert.
In der Schui da gibts koa Muße,
rechnets aus d' Hypothenuse.

Wer was wern wui, der strebt stur
hi scho jetzt aufs Abitur.
Vorbereitung is as Lebn
und da derfs koa Pause gebn.

Leutl, seids es no normal?
Des is ja katastrophal:
Machan de doch glatt im Jahr
vierzehn Tag an Urlaub gar!
Des is wirkli scho a Gfrett,
denktsn ihr an später net?
Wenn ma weiterkomma wui,
steckt ma se a höhers Zui,
nutzt ma aus de junga Jahr,
werklt, rackert, is doch klar.
Wer se neihängt jetzat gscheit,
hat für d' Freizeit ebn koa Zeit.
Vorbereitung is as Lebn,
und da derfs koa Rastn gebn.

Ja, jetzt schaugts euch sowas o:
gaang doch glatt der guate Mo
in Erholung einfach weg.
Hat dei Lebn koan andern Zweck?
Bist du gar koa Idealist,
daßd, obwohlst erst fuchzge bist,
einfach faul – a solche Schand –
in der Sonna liegst am Strand?
Und des Buach, dest liest dabei,
bringt doch fürn Beruf nix ei.

Des, was net für später ghört,
taugt nix, is nix nutz, nix wert.
Vorbereitung is as Lebn,
desweng derfs koa Pause gebn!

Gibts des aa, i glaub, i spinn,
hast du gar nix Gscheits im Sinn,
gaang er doch mit Siebzge schon
einfach jetzt in d' Pension!
I muaß sagn, i bin empört,
scho mal was von Leistung ghört?
Oder eppa gar von Pflicht?
Dann geht sowas wirklich nicht,
daßd privatisiern möchst bloß
mit de Händ ganz faul im Schoß.
Vorbereitung is as Lebn,
da konns nia a Ausruahn gebn.

Des is doch zum Narrischwern:
Legt se er glatt hi zum Sterbn,
sterbat er so einfach heut,
hastn du da wirkli Zeit?
Hastn du sonst nix im Hirn,
wia di drucka, abmaschiern?
Statt auf meinen Rat was z' gebn:

Vorbereitung is koa Gspaß . . .
fragt se lediglich *für was??*

Vampire

Drunt in Giasing in a Straß
is a Haus, ganz ohne Gspaß,
wenn ma da grad richtig lurt,
merkt ma, daß ’s drin geistern duad.

Jede Nacht, von zwölf bis viere,
hupfn drinna rum Vampire.
Wer als Gspenst heut hat an Nama,
kimmt in diesem Hause zsamma:

Drängt se nei von nah und fern,
kimmt von Solln, von Loam und Gern,
vom Harthof, Riem und Germering,
Feldmoching, Pasing, Daglfing.

Aber ’s letztemal, da neulich,
war ’s fei wirklich ganz abscheulich,
was im Hause sich da tat
und sich drin ereignet hat.

Denn da sans net bloß rumgsprunga,
sondern habn dazu a gsunga.
Und das hörte sich sodann
etwa so wie dieses an:

Ja mir san Vampire,
mir trinka koa Bier net,
nur oans duad uns guat:
a frisch ozapfts Bluat.

A Vampir, liaber Scholle,
der braucht gar koan Kolle:
Für eahm bedeut alls
a frischgwaschner Hals.

Mit unsere Zahnderl
beiß ma Weiberl und Manderl.
Und kaum, daß ses spürn,
werns aa zu Vampirln.

Bei gar koana Kassn
konnst versichern di lassn.
Hast an Biß von uns drin,
huift koa Penicillin.

Nur an Knoblauch dea ma leider
– doch mir sagns net weiter –
halt gar net vertragn.
Da drahts uns an Magn.«

So und ähnlich habns drin gsunga,
de Vampirln, aus voller Lunga.
Na habns mi gseng. Bin i wegzischt!
A bißl habns mi no derwischt.

Doch glaub i, is mir nix passiert,
nur am Hals, da hab i 's gspürt.
Und aa zum Zahnarzt bin i ganga,
zwengs meine Vorderzähn, de langa.

Jeds Jahr

Jeds Jahr

Jeds Jahr kommt der Frühling wieder,
jeds Jahr gehts ins Fruahjahr naus.
Krokus blüht und später Flieder,
und die Tulpen spitzen raus.

Jeds Jahr kommt a neuer Sommer.
Urlaub gibts für vierzehn Tag.
Und ma liegt faul in der Sonna,
springt ins Wasser, wann ma mag.

Jeds Jahr kommt der Herbst mit Pflauma,
Äpfel, Birn und Haselnuß.
Ins Oktoberfest, da schauma,
weil ma aa dabei sein muß.

Jeds Jahr werds aa wieder Winter,
jeds Jahr kommt de stade Zeit,
wo aufs Christkind wartn d' Kinder,
wo ma se aufs Schifahrn gfreut.

Jeds Jahr kommt des Gleiche wieder.
'S Jahr geht stets de selbe Streck:
oamal auf und oamal nieder,
– nur mia bleibn oamal zruck am Weg.

Winter

Der Acker liegt jetzt weiß und kalt,
as Land is wia ausgstorm.
De Weg ham se im Schnee verlorn,
schwarz steht der Winterwald.

So staad is, daß ma 's Staade hört,
des über allem liegt,
so leer is, daß ma 's Leere siegt,
in des alls eitaucht werd.

Von irgendwo falln Flockn her
ins Irgendwohin nei . . .
Verliern se in am Weißn glei
wia Tropfa in am Meer.

’s Neue Jahr

Seit a paar Stundn lauft as Jahr
jetzt als as neue rum.
As alte hat se abplagt schwaar
und is seit gestern um.

Bin gspannt, was ’s alls im Rucksack hat
und aus eahm auße laßt:
Was Scheens, was, was no geht so grad,
und was, was gar net paßt.

Von jedm eppas gibts ganz gwiß
aa heuer wieder ’s Sei:
Zum Schlecka was und aa a Pris
was Salzigs is dabei.

Und wiss ma aa nix Gnauers net
und net as Wann und Wo,
oans bleibt jeds Jahr: as Jahr vergeht,
bis d’ schaugst . . . Kemmts, geh mas o!

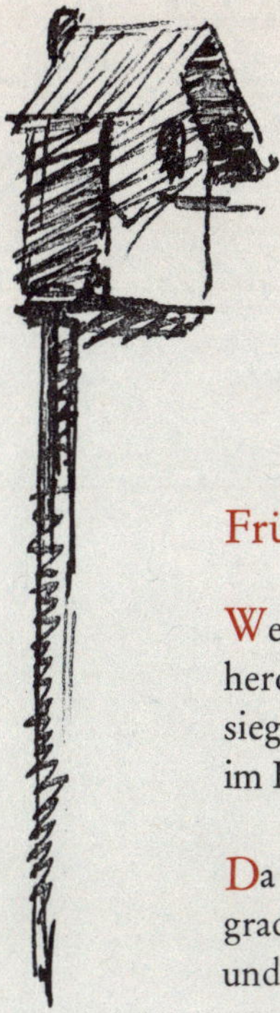

Frühjahr

Wenn i ausm Fenster lins
herobn vom dritten Stock,
sieg i im Frühjahr eppas Grüns
im Hof vom Mietshausblock.

Da steht a oida Hollerbaum
grad vor dem Rückgebäud;
und wenn 'n d' Sonna trifft aa kaum,
er treibt zur Frühjahrszeit.

Siegst eahm net o, wenn er so steht
im Winter, kahl de Ast,
daß er im Frühjahr aufersteht –
auf den da is Verlaß.

Bin i froh!

Jetzt bin i wieder net Faschingsprinz worn.
Gott sei Dank, i hab mi aa erst gar net beworbn.
Mia waars gnua:
Jede Nacht feiern bis in der Fruah,
Ansprachn haltn,
tanzn müaßn mit irgend a Altn
zwengs ihram Mo seim bsondern Rang.
Mei da waars ma fei angst und bang.
Handküß und Bussln aa no vergebn.
Naa, des waar a Lebn!
Und vor allem, da derfst fei blecha.
Zum Schluß waar d' Prinzessin aa no a Zecha,
a recht a zaundürrer mit Haar auf de Zähn.
Da dankad i schön.

Sommer werds

As Ungerer- und Dantebad
hat aufgsperrt letzte Woch,
und wers bis da net gspannt no hat,
merkts jetzat langsam doch.

Zum Sommer fehlt scho nimmer vui
und d' Sonna brennt am Bauch,
du liegst gern in deim Liegestui,
duschst unterm Gartenschlauch.

Um de Zeit is an Feiertäg
sogar der Stachus laar,
und waar er grad voll Löcher net,
bal net die Ubahn waar,

dann kannst fast direkt Fußball spuin,
so staad is der Verkehr.
Du kannst mitm Ball aufs Karlstor zuin,
und neamad werad gstört.

Da Eisladn macht as größte Gschäft
und d' Bierwirtschaft drübn aa,
im Hoamgartn is Lampionfest
heut abnds mit Tombola.

Im Zimmer welkt der Fliederstrauß
vom letzten Muttertag.
Vom Frühjahr gehts in Sommer naus,
und d' Blütn falln staad ab.

Sommertag

Gelb liegt der Sommer übern Land.
Koa Winderl is zum spürn.
Es is, wia wenn de Zeit heut staand,
so wenig duad se rührn.

I lieg im Schattn unterm Baum,
dua grad des, was mi gfreut.
Heut kümmert mi as Morgn kaum
und 's Gestern is scho weit.

Heut interessiert mi koa Termin,
i schwimm im Meer voll Zeit.
I gfreu mi einfach, daß i bin,
i gfreu mi bloß am Heut.

Vakanz vorbei

O mei, heit is der letzte Urlaubstag –
drei Wocha san vorbei.
Des is a Tag, den i net mag,
der müassat gar net sei.

Nix Traurigers, als wia vorm Geh
die allerletzte Zeit.
Auf oamal werad allsamt schee,
hat zerst aa manchs net gfreit.

Was huifts, wennsd nachdenkst? ’S bringt nix ei:
du drahst de Zeit net um.
Kimm sträub di net und füg di drei!
Gfreu di auf des, was kummt!

Die Tage vergehn . . .

Vorbei ist der letzte Sommer,
vorbei, verflogen im Wind,
verwaht, verganga, verronna.
De Zeit vergeht so gschwind.

Was grad no war, is vergessen,
is, bist richtig schaugst bloß, vorbei.
A jeder Schritt geht ins Gestern.
Zum Herbst werd so schnell jeder Mai.

Der Herbst liegt scho in der Wiegn
wenns Jahr no jung is und grün
und laßt zwischen Knospen und Blütn
de welkn Blattln scho blühn.

De Zeit zum Pfüa-Gott-Sagn is komma,
de sonnign Träume verwehn.
Vorbei is der letzte Sommer.
Es is Herbst. Und de Tage vergehn.

Bald geht d' Wiesn o

Schau amal abe von der Höh,
jetzt dauerts nimmer lang.
De Wirtshausbudn siegst scho steh
und s' Grüst der Achterbahn.

Horch amal hi! Sag, hörst scho was?
D' Musik, an Schichtl-Clown,
am Vogljakob seine Gspaß,
hörst, wias an Lukas haun?

Schmeck amal hi, du hastn gwiß,
in deiner Nasn scho:
den Gruch von Hendln, Steckerlfisch,
sag, riacht di nix no o?

Bald is 's so weit, in a paar Tag
gehts endlich wieder auf.
Des san zwoa Wocha, de i mag.
Da gfreu i mi scho drauf.

Spät im Jahr

D' Felder san laar – bis auf d' Wintersaat,
als waars vom Frühjahr aufghobn.
Wosd hischaugst, merkst as, im Jahr is schon spaat.
Der Himme is blaß und weit drobn.

Koan Dracha siegst schwebn mehr, koa Lüfterl spürst wahn.
Kartoffelkrautrauch steigt in d' Höh.
Ganz staad is! Nur diamal hörst krachzn a Krahn,
wannst hischmeckst, riachst scho an Schnee.

Der erste Schnee

Schaug naus ausm Fenster: es schneibt!
Schau nur hi, wias d' Flockn treibt,
wias es wurlt und wias es draht,
wias as Weiße wirbelt und waht.
Und schaugst dann a kloans bißl zua,
na bist no amal der kloa Bua,
denkst ans Schneeballwerfa,
ans Schlittnfahrnderfa,
ans Schneewalznrolln,
ans Bravseisolln
zwengs an Gschenkakriagn,
an a knarzade Stiagn,
ans Kettnklirrn,
ans Herzklopfaspürn,
an d' Kerzn, wias riacht,
ans Sternwerferliacht,
ans Glanzn und Klinga,
ans »O Tannenbaum-Singa« . . .
Doch scho nach einiger Zeit,
bist halt dann wieder im Heut,
und as Schneibn duad de bloß no moniern:
Morgn muaßt dir de Winterreifn montiern!

Silvester

Jeds Jahr auf Silvester, es laßt se net leign,
da bin i ganz anders, fast a kloans bißl eign.
Wenn andere tanzn und Gaudi macha,
konn i nia lacha.
Wenns Raketn kracha laßn
draußn auf der Straßn,
wenns 's Neue Jahr oschiaßn
und mit Sekt begiaßn,
wenn se alls gfreut, daß des Alte vergeht,
gfreu i mi net.
Dann bin i alloa wia koana,
und mir is fast zum Woana.

O mei . . .

Morgenkonflikt

Trimm i mi? Trimm i mi net?
Zwing i mi, schwing i mi raus ausm Bett?
Soll i jetzt wirkli schwitzn
und fuchzgmal liegestützn?
Soll i jetzt Klimmzüg macha
und meine Schwimmzüg nacha?
Soll i jetzt Hantln nemma
und mit de Gwichta stemma?
Soll i an Zentner lupfa
und soll i Seil jetzt hupfa?
Schind i mi?
Überwind i mi?
Buck i mi?
Oder druck i mi?
Jedn Tag frag i mi,
jedn Tag plag i mi
. . . und ganz erledigt,
scho leicht beschädigt
drah i mi drum
oamal no rum.
Heut schlaf i gscheiter
no a weng weiter,
weiter im Bett,
und trimm mi net.

As Lebn

Grad wiara Prüfung is as Lebn.
Des erste Drittel lernst deswegn
und arbatst auf de Prüfung hi.
Im zwoatn Drittel prüft ma di.
Im letztn Drittel ohne Rast
wartst, obst as aa bestandn hast.
De Notn aber kriagn ma dann
erst meistens, wenn ma nimmer san.

Entweder – oder
(nach einer Idee von Sigi Sommer)

Entweder – oder
Katz oder Kater,
ob obn oder unt,
ob eckat, ob rund,
ob groß oder kloa,
des ander, des oa,
ob hi oder da,
naa oder ja,
ob Wappn, ob Zahl . . .
oiwei hast d' Wahl.

Als Kind bist scho dro:
So oder so?
Möchst an Fuaßball oder Ski,
fragt ma am Geburtstag di,
möchst a Radl oder d' Uhr?
Leider gibts halt oans grad nur.
Spuist heut mitm Huaber Gaggi
oder nimmst als Freund an Waggi?
Sollst beim Fuaßballspui de »Bayern«
oder d' Sechzga jetzt ofeuern?
Und aa später hörts net auf
bei dem weitern Lebnslauf:
Schlosser wern oder Friseur,
Lehrer, Doktor, Ingenieur?
Gehst jetzt mit dem schwarzn »Zahn«,
bandlst mit der Blondn an,
d' Gaby, de guat ausschaugn duad,
oder d' Ruth, de kochat guat?

's oa oder 's ander?
Allsam mitnander
geht halt oft net.
Grad wia beim Lotto
oder beim Toto,
oiwei hast d'Wahl:
Was für a Zahl?
Bloß ganz am End
hat 's in de Händ
plötzlich wer ander.
Jetzt hat er dort
as letzte Wort.

Protest

Ja schaugts de faulen Lackln o,
de wolln glei gar studiern,
und er, er fahrt in d'Arbad no,
daad i mi da geniern.

Habts ihr für solch an Blädsinn Zeit?
Habts ihr nix drin im Hirn?
Gehts zua, werds endlich amal gscheit,
deats was, deats protestiern!

Mir protestiern fast gega alls,
bei uns brauchts euch net ziern,
waschts euch de Füaß net und an Hals,
na dearfts scho mitmarschiern.

Mir werfn fremde Auterl um,
dean Kirchawänd verschmiern,
und koana nimmt uns eppas krumm,
uns kann ja nix passiern.

Mir protestiern net bloß draufhin,
des ghört organisiert,
mal sit, mal teach, mal piss ma in,
bei uns werd variiert.

A Blasnkrankheit is a Freid
für oan, der protestiert,
der is zu jeder Zeit bereit,
wenn a Protest pressiert.

I woaß scho no . . .

Sie moanan, i war no z' jung damals
und denkad nimma dro?
Doch wenn i sonst vergiß aa alls,
des oane woaß i no:

Als kloane Buam ham s' uns übern Marktplatz gjagt.
»Die Fahne hoch« hama gsunga mitsam.
Und sie ham von Rasse und Blut was gsagt,
was ma net ganz verstandn ham.

Mit am Zettel san s' vor der Kircha gstandn
und ham se de Leut notiert.
Mir und a paar kloane Ministrantn
ham s' beim Neigeh oane gschmiert.

Nach fünfavierzg, da ham s' mir wieder oane patzt –
in der Kirch warn sie jetzt vorn oiwei.
Wahrscheinlich hab i mit meim Nachbar gschwatzt,
i werd halt zwenig fromm gwesn sei.

Heut hab i a Büachl von eahna ausgestellt gseng:
A neue Erziehungs- und Rassenlehre.
Sie wechseln scheints wieder amal den Verein.
Dann lebe die Zukunft, habe die Ehre!

As Gred von der Erfahrung

Als Kind, da hats mir scho gstunka
und später erst recht no als a Junga,
und heut vertrag i ’s aa no net,
wenn oana bloß von Erfahrung redt.
Hast als Kind amal gwoant,
ham de Großn gmoant:
»Hör auf, später werst drüber lacha,
da werst no ganz andere Erfahrungen macha!«
Und dann in der Schui wars das nämliche Gspui:
hast net genau nach der Pfeifn tanzt,
ham se d’ Lehrer hinter Erfahrung verschanzt.
Dein Mund muaßt haltn
hams verlangt, de Altn,
und grad nur deswegn, weils älter san,
als wenn de Jahr a Verdienst scho waarn.
Jede Freud, jedn Schmerz hams dir zredt
mit eahnrer Erfahrung, die ma selbn no net hätt.
Aber hat net a jede Zeit
genauaso ihran Schmerz und ihr Freud –
und kann ma net aa mit no net so vui Jahrn
genauaso Scheens und Greußlichs erfahrn?
. . . Des oane, moan i, hab i scho grocha,
de, de wo grad auf Erfahrungen pocha,
des san halt meistns de Neidign, wos eahna net gunna,
daß no jung san, de andern: de Junga.

Ansichtssachen

Des konnst mir glaubn«, hat er gsagt, »und des stimmt,
es kimmt grad drauf o, wia ma alles halt nimmt;
denn oans«, hat er gmoant, »oans des is gwiß,
daß as meiste im Lebn a Ansichtssach is.
Oa Haar aufm Kopf is wen'g nach mein Gfui,
aber oa Haar in der Suppn is relativ vui.
Oa Flaschn Bier im Keller is wen'g, doch im Spui
is oa ›Flaschn‹ bei ›Bayern‹ leider scho z' vui.«
»D' Katz«, hat er gsagt, »de frißt gern a Maus,
i aber persönlich, mach mir gar nixn draus.
A Geizkragn, des woaßt, is als Zeitgenoß faad,
doch net als er der Erbonkel, den i wünschn mir daad.«
»Du siegst«, hat er gsagt, »es kimmt ganz bestimmt
halt oiwei drauf o, wia mas siegt, wia mas nimmt.
Drum soll ma net sagn, oh mei, oh wia schaad,
daß a Rosnstrauch oiwei so vui Dornen dro hat.
Sondern Freud«, hat er gsagt, »vui Freud soll ma ham,
daß an am Dornenstrauch schöne Rosn dro san!«

Unser Pfarrer

A Pfarrer hat 's wirkli net leicht heutzutag,
denn d' Leut de schimpfen, er konn doa, was er mag.
Predigt er z' lang, sagt a jeder: Oh mei,
da schlafen dir ja de Füaß wieder ei!
Predigt er z' kurz, hoaßt 's bloß bei de Leut:
Heut war er wieder net vorbereit gscheit.
Redt er mal lauter, hoaßt 's: Was schreit er denn so,
der schaugt uns wohl für Dohrate o.
Und redt er normal, dann hoaßt 's oft am End:
Unsern Pfarrer sei Predigt hat koa Temperament.
Fangt er d' Meß pünktlich o, hoaßt 's, daß vorgeht sei Uhr,
fangt später er o, halt er d' Leut auf ganz stur.
Bitt er um Spendn, is er aus bloß aufs Geld,
und bitt er drum net, is er z' hoch se wohl gstellt.
Richt er d' Kirch schee her, hoaßt 's, daß Verschwendung des waar,
duad ers net, laßt er alls verkomma ganz schwaar.
Trifft man dahoam, dann schimpfansn aus:
Der Pfarrer, der hockt ja bloß oiwei zuhaus,
statt daß er a bisserl gaang umanand;
waarn gnua in der Gmeinde, de bsuacha er kaant.
Is er grad weg, na gehts erst recht los:
Wo stecktn der Pfarrer oiwei denn bloß?
Nia is er da, wenn ma an Rat
oder was anders braucha mal daad.
. . . was er aa duad, irgendwann, irgendwo,
er macht was verkehrt, ob so oder so.
Bloß wenns mal so weit is, daß er weggeh muaß jetzt,
is koana mehr da, der 'n richtig ersetzt.

Sprüch

Der Höchstätter Willi, der Herr von danebn,
der hat se des öftern recht progressiv gebn.
»De Reichn solln teiln«, so schimpft der guat Mo,
»wenn i oaner waar, i machat des scho.
Hätt i große Grundstück, Fabrikn und Geld,
na teilert i 's auf, daß koan mehr was fehlt.«
»Du Willi«, so duadn neuli wer fragn,
i brauchert dei Huif, kimm leich mir dein Wagn!
Weil i de Frau Huaber, de wo so schwaar geht,
am Wochnend umanandgfahrn gern hätt!«
Da is nix draus worn und da stellt er se quer,
weil des, was ma hat, des gibt ma net her.
Fabrikn und Grundstück und a Mords-Apparat,
laßn leicht se verschenka, solang mas net hat.

Vom Dagegn-Sei

Kennst du aa Leut, de überall
dagegn san in jedm Fall?
Bevor daß hischaugn, sagns scho: »Naa,
ja mir waars gnua, da gangatst ma!«
De suacha hinter jedm Blau
am Himme wo a Fetzerl Grau.
De kaufan se bloß d' Suppn gar,
daß drinna findn wo a Haar.

Und ärgern se de ganze Zeit
und waars grad drum, daß gar nix heut
zum Ärgern und zum Grantln gaab;
sie maln de Welt bloß schwarz und graab.
Wo de aa hifahrn irgendwo,
hams glei zum Grantln was aa scho:
Des alte Rom is zwenig alt,
am Nordpol drobn is zwenig kalt.
As Meer is eahna zwenig blau,
der Londner Nebel zwenig grau,
der Schwarzwald is zu wenig schwarz,
zu wenig riachts im Harz nach Harz.
Zu wenig Berg gibts in der Schweiz,
de Schottn habn vui zwenig Geiz.
Zu wenig sandig ist der Sand
in der Sahara, und a Schand
san überall auf jeder Reise
as Wetter, d' Leut, d' Verpflegung, d' Preise.
De Zugspitz is vui z' wenig spitz
de Pyramiden san a Witz.
Se san vui zwenig pyramidisch
und Israel zu wenig jüdisch.
Im Urwald gibts zu wenig Baam
und urig is er aa fast kaam.
Sie ham Humor no wenger oft
wia Türklinkn am Ostfriedhof.
So Leut san bloß in eahnam Lebn
für oans dafür: Sie san dagegn.

Der Sportsmann

Mag er net sagn, daß i koa Sportsmann net waar!
Dabei plagt se wohl neamds net beim Sportln so schwaar.
Sagts, steh i net, bals net Schuasterbuam rengt,
am Sechzgaplatz draußn am Wochenend?
Und schrei mi heiser und pfeif aa wia wuid,
wenn Bayern amal an Stiefe zammspuit?
Sagts: Hock i net stundenlang oft beim Sport
am Samstag und Sonntag am Fernseher dort?
Und sieg i s' dann grad beim Marathonlaufa,
dann muaß i fast mehr wia de Läufer no schnaufa.
I brauchs bloß renna seing bei der Hitzn,
na gehts bei mir aa scho o mitm Schwitzn.
Und fahrns beim Sechstagerennats wia Stier,
na kriag i an Durst, na brauch i a Bier.
I bin, obst as glaubst oder net,
aa a ganz a begeisterter Schwerathlet.
Beim Gwichtahebn oder beim Freistilringa
daad i am liabsten vom Fernsehstui springa.
Doch i als Sportler hab an eisernen Wuin,
i hab mi im Griff, laß d' Muskln bloß spuin.
Beim Boxn, da häng i mi bsonders nei,
da teil i aus wia da Cassius Clay.
Ob Skifahrn, ob Reitn, Turnen und Schwimma,
nix laß i aus, dabei bin i immer.
Und daß d' as glei woaßt, damit is' net gnua,
i spui aa oft Kartn bis eine in d' Fruah,
wenn ma beinanda hocka mia vier.
Und no was: I bin bei de Kegler Kassier.
– So, jetzt frag i mi ehrlich, ob ma oan kennt,
der wo a größers Mehrkampftalent
und a vuiseitigerer Sportler no is?
Und er, der ander, der machat mi mies.

Und des ausgerechnet er, der lätscherte Socka,
der nix anders kennt, als im Zimmer rumhocka,
der wo an Sport grad vom Fernseher kennt.
Da stinkt er mir fei. Kreuzsabberament!

Wann er mir stinkt

Wenn i an Pfundskriminalroman lies
und mir vorher wer sagt, wer der Mörder drin is.
Wenn i auf d' Trambahn renn, was i ko
und dann fahrts ma grad vor der Nasn davo.
Bin i eigladn zum Essen und kriag i dann nix
wia Salzletten, so dürre, und Erdäpfeflips.
Wenn i mi um Kartn ostell mordslang,
und wenns dann akrat vor mir ausganga san.
Wenn ma im höchstn Kaff bei uns »Eisbein« serviert,
und a Knödl als Kloß aa no obotn wird.
Wenn im Fasching se oana net amal geniert,
daß er se zum Spaß mit a Ledern maskiert.
Wenn i a Gras-Solo beim Schafkopf verlier.
Wenn i beim Tanzn mei Ischias spür.
Wennsd schlafa willst und werd nix draus,
weil oana schnarcht auf Deife-kim-raus.
Wenns im Fernsehn beim Fuaßball kurz vor Schluß hoaßt Nui Nui,
a Elfer und Bildstörung bis zum End vom Spui.
Wenn i, wias es ghört, »Grüaß Gott« zu oam sag
und der ander aus Giasing grüaßt zruck »Guten Tag«:
Dann denk i mir oiwei, des müaßat net sei,
und i sag dirs ganz ehrlich, da stinkt er mir fei.

Wenn i zruckdenk

De kloane Wiesn

O mei, jetzt deans es aa verbaun –
de kloane Wiesn vis-à-vis.
I mag kaum ausm Fenster schaun.
Es gibt ma fast an Riß.

Da sama rumgrennt, hama graft
und umgräubert wia wuid
mit unsrer ganzn Buamakraft,
da hama Fuaßball gspuit.

Wos jetza umanandergrabn,
war oiwei unsa Tor,
wo ma als Lattn higlegt ham
zwoa oide Ziaglstoa.

A paar Mal war a Zirkus da,
oder a kloane Duit.
Da sama kaum mehr hoamganga,
ham uns so wichtig gfuit.

Beim Aufbaun und beim Abbaun dann,
mein Gott, war des a Hetz!
Nur wenn ma hoam zum Eßn san,
sama schnell umegwetzt.

. . . Schau hi, jetzt geht der Bagger dro,
der greift und macht an Biß . . .
A Riesn-Loch bleibt zruck grad no
von meiner Wiesn vis-à-vis.

Woaßt no . . .

Woaßt no de erstn Pfenning Geld,
mit dene oan de halbe Welt
fast ghört hat, de ma gschenkt kriagt hat
vom Onkel in de Kindertag?
Wo ma am Standl vorn am Eck
an Waffebruch, an Bärendreck
se gleist hat damals voller Freud,
wia guat des gschmeckt hat seinerzeit?

De erste selbstverdeante Mark
dann, woaßt no, de ma zsamm se gspart
und voller Stolz is dort dann gseßn,
hat auf der Wiesn 's Hendl geßn?
Hast da net denkt a bisserl scho:
Bald kimmt des große Geld erst no,
dann leist ma uns, sooft 's uns gfreit,
a Hendl glei zu jeder Zeit?

Und dann wars vielleicht aa soweit:
a Hendl hats dir oiwei gleit.
A Hummeressen, des hast wolln,
a Festmahl, wo de Rubeln rolln,
mit Krimsekt und mit Kaviar,
mit allem dem, was teuer, rar.
Und wieder denkst: Waars endli scho
soweit, daß i mir leisten ko
oiwei an Hummer und an Sekt,
halt alles des, des was oam schmeckt.

Und waars dann wieder nacha Zeit
aa irgendwia amal soweit,
daß ma se leist an alle Tag
des, was ma lustig findt und mag,
dann is ma aa scho mitm Genuß,
mit seine Wünsch am End, am Schluß.

Jetzt merkt ma, daß' net weiter geht
und daß man scho am Endpunkt steht.
Und jetzt werd oam vielleicht aa klar,
wia guat der Waffebruch mal war;
und statt dem früahra »wenn doch scho!«
denkst dann auf oamal »wenn doch no!«.
Doch leider drahst halt um koa Stück
as Lebn no amal zurück.

As Schönste is zu jeder Zeit
net 's Übermorgen, sondern 's Heut.

Ob s' es no machan . . .

De kloane Straßn is genau no so heut,
so staad und verschlafa, wias war seinerzeit.
Und s' Mietshaus, des oide, is aa no as sell,
als waar d' Zeit de ganz Zeit bloß tretn auf der Stell.
Im Stiagnhaus riachts, wias oiwei is gwesn,
nach obrennda Muich und nach aufgwarmtn Essn.
Und d' Kinder hörst schrein und woana und lacha . . .
So lang is scho her – obs heut no des macha,
des wo für uns halt as Schönste war,
– seinerzeit in de Buamajahr?
Ob de eppa aa: »Drübn am Karolersee« singa,
se aufs Barfuaßgeh freun und Häuslspringa?
Obs »Enemenemei« beim Abzähln no sagn
und »oans, zwoa, drei für mi« beim Versteckerloschlagn?
Obs eppa no schussern und kreiseltreibn,
no radlrutschfahrn und drachasteign?
Obs beim Schlittnfahrn oiwei no plärn »aus der Boh«,
obs vorm »Schwarzn Mann« heut no laufa davo?
Obs Papierschifferl baun für a Wassalacha,
no messerln und pickeln und Baazkuacha bacha?
Obs no mit am Grashalm zirpn kenna,
mit a Radlfelgn no um an Stock ume renna?
Obs no mit Platschgen nach Blechtaubna zuin
und obs no »Schneider leich mir d'Scher« spuin?
Obs no in der Isar nach Koppn taucha
und im Keller hoamlich Judnstrick raucha?
Obs um a gsparts Zehnerl no kaufa Lakritzn
und obs aus der Rindn no Schifferl schnitzn?

Obs no wissn vom »Frosch von Kösching« a Stroph,
obs Fangsterl no dean drin im Hinterhof?
Mitm Stoa am Zeha zwischn »Himme und Höll« no rumhupfa
und no aus Weidnzweig Pfeiferl se klopfa?
Obs no waappen und mit de Hollerröhrl blasn?
Obs no . . . ? . . . Aber mei, mi dadns eh nimma mitdoa laßn.

Aus, Äpfe, Amen

Wo siegt ma heut no Laternanzünder?
Wo spuin no Häuslhupfa de Kinder?
Wer kennt no »Oprellats«, an »Draller«, an »Spoh«?
Wo gibt 's a Münchner Original no
wia 'n Finessen-Sepperl, de Mina-Hupf?
Wo bacht no a Bäcker an Guglhupf,
an Seelnzopf, Schucksn, Pfennigmuckl?
Wo siegt ma no wem mit am Rucksack am Buckl?
Wer gibt sein Kind no Xaverl als Namen?
Wer sagt no zum Schluß mal: »Aus, Äpfe, Amen«?
Wer woaß no in München a Tanzcafe,
wo a Stehgeiger spuit zum Fünfe-Tee?
Wo siegt ma no wen an Loaterwagn ziagn,
an selberbautn Dracha no fliagn?
Rote Radler, der Kramerladn vorn am Eck,
de Stangerltrambahn . . . auf oamal warns weg.
Da kann ma nix macha, 's muaß alls mal vergeh,
bloß scheint uns des Früahra oft doppelt so schee.
Und wenn i mi umschau, na woaß i ganz gwiß,
daß alls um mi rum a wen'g anders worn is.
Sieg mei Gsicht i im Spiagl, na spann i sogar:
Aa der Spiagl is nimmer des, was er früahra mal war.

’s Flohkino

Des heut abnds is der letzte Fuim,
den wos im kloana Kino spuin.
As letztmal kannst dein Eintritt zahln
und kriagst a Kartn von der Rolln,
as letztmal sagt mit staader Stimm
de alte Platzanweiserin:
»Ganz vorne, Reihe eins mit drei«
und weist di mit der Lampn ei.
Und bei der altn Wochenschau,
da fallt dir wieder ganz genau,
wasd da herin alls gseng hast, ein:
an Tarzan und an Frankenstein,
de Mickymaus und Dick und Doof,
de Hochzeit aufm Immenhof,
die Sissy, Heidi und an Reign,
an Edgar Wallace und as Schweign.
Als kloaner Bua no de Frau Holle
und jetzat hockst im Oswalt Kolle.
. . . Bisd schaugst, is rum as letzte Buid,
as letztmal hams vorn gredt und gspuit.
Mitm kloana Kino is vorbei,
a Supermarkt kimmt dafür nei.

Was i nia gratn ko

Von obn drobn auf ara Bruckn
tiaf abe ins Wasser neispuckn,

wenns grad frisch gschneibt hat, nacha
in Schnee neilanga und an Schneeballn macha,

so an reifn Löwenzahn oblasn
und seine »Fallschirm« umanandafliagn laßn,

wenns neamd siegt, nachm Regn
a weng barfussat im Baaz rumtretn,

von am Ahornbaum an »Zwicka« nemma
und obn auf d' Nasn hiklemma,

aus am Stückl Papier, am altn,
schnell an Papierfliaga faltn,

wenn ma Zeitungsbuidl in d'Händ falln,
an de Köpf Bruin und Schnurrbart himaln,

zum Leuttratzn Klettn vom Strauch abezupfa,
flache Stoana so in See werfa, daß hupfa,

mit'm Soafaschüsserl Schifferl spuin beim Badn:
Des san so Sacha – de konn i aa heut no net gratn.

Der Fuimvorführer

Im kloana Kino vorn am Eck
– kaum daß as Gschäft geht no –
arbad der oide Apfelbeck
als Filmvorführungsmo.

Der Apfelbeck, des is a Kauz,
von dem neamd woaß nix gwiß.
Er schaugt a wen'g vergammet aus
und redt und deut fast nix.

Abnds, wenn der Fuim is abgspuit z' End,
da bleibt er no a weng,
und wer se wo verstecka könnt,
daad ganz was Komischs seng:

Er laßt an ganz an oidn Fuim
– vierzg Jahr mag er scho sei –
jedsmal für si alloa abspuin
und legt'n rückwärts ei.

Dann moant der oide Apfelbeck
für ara kurze Zeit,
daß d' Zeit se nomal rückwärts dreht
und 's Gestern werd as Heut.

Er traamt se zruck der Apfelbeck,
weit zruck in frühare Tag
im kloana Kino vorn am Eck.
Er is a Kauz, wia gsagt.

Vom Hoamgeh

Da is er oiwei dortn gseßn
und hat in d' Sonna blinzelt.
Und hat er dann sei Wurstbrot gessn,
dann hat sei Hexi gwinselt.

Er hat ganz gern a Gsetzl gratscht
mit Fremde und Bekannte.
Beim Föhn, da war er oft damatscht
und aa a bißl grante.

So uma fünfe, halbe sechse,
is eahm a wengerl schattig worn.
»Geh weita«, hat er gsagt, »jetzt pack mas, Hexi,
komm, geh ma wieda hoam!«

Auf oamoi is er nimma komma.
A Zeitlang war sei Platzerl leer.
Doch seit a paar Tag linst in d' Sonna
und wart aufs Hoamgeh scho a anderer.

A bißl grüablerisch

An am Bach hocka . . .

An am Bach hocka
und d' Füaß neihenga.
Bloß dahocka
und an nix denka . . .

Bloß ins Wasser schaugn
und segn, wias verrinnt.
Bloß schaugn,
net fragn, wohin 's geht, woher 's kimmt . . .

Alles im Augenblick

A Kind duad wo sein erstn Schroa,
a alter Rentner stirbt alloa,
a Paar gibt se sein erstn Kuß,
a anders macht für oiwei Schluß,
a Blattl fallt vom Baum wo müad,
wo anders steht a Baum, der blüaht,
am Bahnhof kommt a Zug grad o,
a anderer, der fahrt davo.
Beim oan, da gibts a Wiedersehn
bei andern hoaßts schee langsam gehn.
Grad hupft wer hoch vor lauter Freud,
wo anders: Traurigkeit und Leid.
Geburt, Tod, Trauer, Abschied, Glück
passiert im selben Augenblick,
passiert jetzt, wo du da grad bist
jetzt grad, wo du des Verserl liest.

Wenn a Regntropfn . . .

Wenn a Regntropfn in See einefallt
und eigeht und aufgeht im See,
wenn a Ton, den ma gredt hat, ganz lautlos verhallt,
wenn a Schneeflockn oans werd mitm Schnee . . .
Dann möcht i oft der Tropfn, der Ton, de Flockn sei,
mi einfach als mi selber verliern,
nimma über mi nachstudiern,
ganz staad bloß zlaufa und zgeh.

Was übers Lebn

's Lebn is grad als wiara Straß.
Ma woaß von eahm alloa bloß, daß'
amal wo afangt und wo endt.
Im »Nix« sagn oa und oa im »Drent«.
De Straßn führt vom Gestern weg
ins Morgn nei de ganze Streck.
Und mia, mia schnaufma allerwei
mit jedm Schritt de Zukunft ei.

Seltsam

Seltsam, daß i no bin,
was als Kind i scho war.
Und doch net recht mehr:
Neu is mei Gsicht, meine Haar,
mei ganzer Körper. Und doch bin i der,
der damals, damals vor vui, vui Jahr
auf d' Welt komma is als i.
Und i werd imma no der sei,
wenn i lang scho vergeßn,
was i gsagt hab und denkt hab
und wiari bin gwesn.

Abschied

So vui is oiwei umadum
an Schöna, Guatn um uns rum,
des wo ma kaum mehr hört und siegt,
weils direkt vor der Nasn liegt:
A scheener Platz, a scheener Ort,
a netter Mensch, a liabes Wort,
des wo ma gar net mehr beacht,
als Selbstverständlichkeit betracht.
Erst wenn 's mal ans Pfüa-Gott-Sagn geht,
und wenn de Uhr auf oamal steht,
beim Aufhörn, Weggehn werds oft klar,
wia schee daß manches wirkli war:
De scheene Zeit, an Freund, as Glück
erkennst erst oft im Rückwärtsblick.

Was vom Nix

Scho oft hab i mir an Kopf drüber zbrocha
ganz schwaar,
wias sei daad, wenn statt dem, daß was is,
nur Nix und gar nix sonst waar:
's gaab koa Planzn, koa Viech.
's gaab mi net und dich,
koa Sonn, koan Planet,
aa den unsern gaabs net.
Koa Luft gaabs zum Schnaufa,
koa Bierpreis gaang aufa.
's gaab koa Gestern, koa Heut,
koan Raum und koa Zeit,
koa Hier und koa Da,
koa Ja und koa Naa,
koan Friedn, koan Kriag,
koan Haß und koa Liab,
koa Vor und koa Zrück,
koan Kummer, koa Glück,
koa Hü und koa Hott –
ja 's gaab net mal an Tod.
's gaab ja nixn, des werad
und nix, des sterbad.
Bua, da waars fei laar,
. . . weil am End aa as Nix
dann net amal waar.

A bißl schizophren

Manchmal, da is mir so sonderbar,
als wia wenn i gar net i waar.
Dann schaug i mi im Spiagl o
und frag mi: bist as jetzt do?

Komisch, daß i ausgrechnet i worn bin
und net vielleicht der Herr da drübn,
oder aa Sie, Herr Nachbar, und Sie
waarn dann rein zufällig i.

Aber es hätt aa no bläda komma kenna
und i war a Pferdl, a Katz oder a Henna.
Oder Sie und i, mia zwoa
liegatn wo als Ziaglstoa.

... Aber wenns mi jetzt überhaupt net gebat,
wenn i net da waar, koa bisserl net lebat?
O mei, des sag i Eahna fei,
Herr Nachbar, des müaßad a saubläds Gfui sei.

A oida Vergleich

I bin a Blattl im Spui vom Wind,
des grad des Spui no halt,
des dann im Falln sei Spui beginnt,
sobalds dem Gspui halt gfallt.

Bin Spieler selbn und Spuizeig nur,
i spui und i werd gspuit.
Bin Spuiball, Würfe, Spuifigur,
i zui, auf mi werd zuit.

Mi spuit des Spui vom Augenblick,
in dem se spuit de Welt,
as Spui vom Alles oder Nix.
I fall und i werd gfällt.

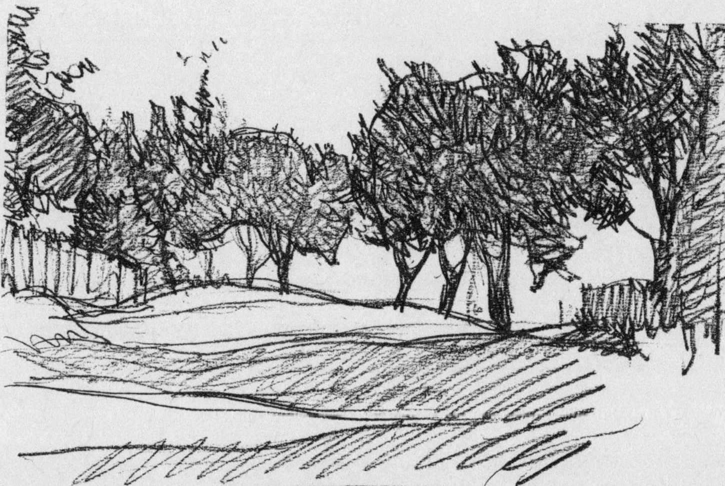

De Blattln falln vom Irgendwo
(nach Rilke)

De Blattln falln vom Irgendwo
ins Irgendwohin ab.
Sie falln von weit, wia wenns da drom
an großn Gartn gaab.
Sie falln ganz staad, scheins ohne Sinn
vom Nirgends hi ins Nix.
. . . Aa mia, mia falln, wer woaß wohin
und helfa duat koa Tricks.
Mia alle falln von Anfang o,
kaum daß ma aa scho san.
Und doch halt uns im Falln drin no
wer hoamlich in der Hand.

Zeit

Jeds »Grüaß Gott« hat in si scho a »Pfüa di«.
Jeder Morgn is a wengerl scho Nacht.
Jeds Werdn deut scho aufs Vergeh hi,
des as Jetzt so vui kostbar uns macht.

Mei Zug

Mei Zug, der kimmt vom Gestern wo,
jetzt fahrt er grad durchs Heut,
bist schaugst, is er im Morgn scho.
Mei Zug, der nennt se Zeit.

Er fahrt sei Streck, macht nia a Rast,
von Auskunft is koa Red.
Es fragt di koana, obs dir paßt,
sagt aa, wos higeht net.

I woaß net, wann i eigstiegn bin,
und woaß aa net, warum.
I sitz bloß in meim Abteil drin
und wart auf des, was kummt.

Es is a Fahrt ins Blaue nei.
De fahrt geht nia retour.
Und hält der Zug, is Zeit vorbei.
Abglaufa is mei Uhr.

Gebet auf bayrisch

Liaba Gott, dua mir oan Gfalln:
Wenn mir amal auferstehn solln,
mach mi net zu so am komischn Geist,
der wo grad Hosianna singt und Manna speist.
Laß doch bittschön aa da drübn
no a bisserl was sei von unserm Herübn!
I bitt di recht schee, erfüll mei Gebet:
Vergiß übern Großn as Kloane net!
Laß net bloß de ganz Fromma drobn sein,
net nur grad de mitm Heilignschein,
sondern aa de andern Leut!
Glaub mas, mit dene hast bestimmt aa dei Freid.
Laß mein gstorbna Schuifreind aa umanandarenna,
wars aa a Strizi, du werstn scho kenna.
Und des junge Madl von vis-à-vis,
des aus Verzweiflung wo abeghupft is.
Den altn Kramer vorn vom Eck,
aa wenn eahm as Bier hat so narrisch guat gschmeckt,
und de alt Tant, de so grantig hat gschaut,
laß eine, sie war doch a seelnguate Haut.
Und no a ganz a bsondre Bitt hätt i fei:
Laß aa de Viecherl da drobn wieder nei!
Laß singa und wiehern, gackern und belln,
des stört ganz bestimmt net de himmlischn Seeln.
Laß oiso, i bitt di, vom irdischen Lebn
aa bei dir dort obn was im Himmi drin gebn!
Gib, daß i alls, was i gern hab, da drobn wiederseh!
Des waars. Amen. Und dank dir aa schee!

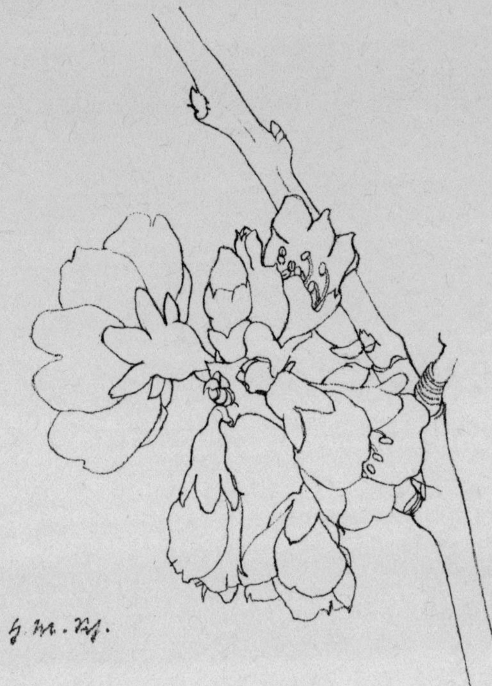

 ISBN 3-475-52188-1

Das Buch erscheint in der Reihe »Rosenheimer Raritäten« im Rosenheimer Verlagshaus Alfred Förg, Rosenheim. Gedruckt wurde es im Graphischen Betrieb Ernst Kieser KG, Augsburg, und gebunden in der Verlagsbuchbinderei Hans Klotz, Augsburg.
Den Umschlag gestaltete Ulrich Eichberger, München, unter Verwendung eines Aquarells von Hans Müller-Schnuttenbach. Die Zeichnungen, die vom selben Künstler stammen, befinden sich im Besitz der Stadt Rosenheim und des Herrn Dr. Willibald Preißler, Rosenheim, denen wir für die Überlassung danken.
Das Porträt zeichnete Lissy Eckart-Aigner.